MISSÃO FARMACÊUTICO

TRINTA ANOS ACUMULANDO HISTÓRIAS HILÁRIAS E INUSITADAS

Editora Appris Ltda.
1.ª Edição - Copyright© 2022 do autor
Direitos de Edição Reservados à Editora Appris Ltda.

Nenhuma parte desta obra poderá ser utilizada indevidamente, sem estar de acordo com a Lei nº 9.610/98. Se incorreções forem encontradas, serão de exclusiva responsabilidade de seus organizadores. Foi realizado o Depósito Legal na Fundação Biblioteca Nacional, de acordo com as Leis nos 10.994, de 14/12/2004, e 12.192, de 14/01/2010.

Catalogação na Fonte
Elaborado por: Josefina A. S. Guedes
Bibliotecária CRB 9/870

R572m
2022
	Rigo, Gevelis
	    Missão farmacêutico : trinta anos acumulando histórias hilárias e inusitadas / Gevelis Rigo. - 1. ed. - Curitiba : Appris, 2022.
	    86 p. : il. ; 21 cm.
	
	    ISBN 978-65-250-2833-0
	
	    1. Ficção brasileira. 2. Farmacêutico. I. Título.
	
	                                                                                         CDD – 869.3

Appris
editora

Editora e Livraria Appris Ltda.
Av. Manoel Ribas, 2265 – Mercês
Curitiba/PR – CEP: 80810-002
Tel. (41) 3156 - 4731
www.editoraappris.com.br

Printed in Brazil
Impresso no Brasil

Gevelis Rigo

MISSÃO
FARMACÊUTICO
TRINTA ANOS ACUMULANDO
HISTÓRIAS HILÁRIAS E INUSITADAS

FICHA TÉCNICA

EDITORIAL
Augusto V. de A. Coelho
Marli Caetano
Sara C. de Andrade Coelho

COMITÊ EDITORIAL
Andréa Barbosa Gouveia (UFPR)
Jacques de Lima Ferreira (UP)
Marilda Aparecida Behrens (PUCPR)
Ana El Achkar (UNIVERSO/RJ)
Conrado Moreira Mendes (PUC-MG)
Eliete Correia dos Santos (UEPB)
Fabiano Santos (UERJ/IESP)
Francinete Fernandes de Sousa (UEPB)
Francisco Carlos Duarte (PUCPR)
Francisco de Assis (Fiam-Faam, SP, Brasil)
Juliana Reichert Assunção Tonelli (UEL)
Maria Aparecida Barbosa (USP)
Maria Helena Zamora (PUC-Rio)
Maria Margarida de Andrade (Umack)
Roque Ismael da Costa Güllich (UFFS)
Toni Reis (UFPR)
Valdomiro de Oliveira (UFPR)
Valério Brusamolin (IFPR)

ASSESSORIA EDITORIAL Débora Sauaf
REVISÃO Cristiana Leal
PRODUÇÃO EDITORIAL William Rodrigues
DIAGRAMAÇÃO Bruno Ferreira Nascimento
CAPA Sheila Alves
ILUSTRAÇÕES Adriano Santos
COMUNICAÇÃO Carlos Eduardo Pereira
Karla Pipolo Olegário
LIVRARIAS E EVENTOS Estevão Misael
GERÊNCIA DE FINANÇAS Selma Maria Fernandes do Valle

Aos profissionais de farmácia, que desempenham um papel importantíssimo na sociedade, promovendo saúde, bem-estar e qualidade de vida às pessoas. Todos que fazem parte da equipe têm uma importância vital na empresa: office boys, balconistas, operadores de caixa, proprietários e farmacêuticos.

Em especial, aos clientes, que são as estrelas dos acontecimentos e pelos quais nos empenhamos e fazemos o nosso melhor.

AGRADECIMENTOS

A todos que participaram da minha jornada — patrões, colegas de trabalho, amigos, meus funcionários e clientes.

Ao Adriano Santos, iilustrador do livro, por seu trabalho maravilhoso.

À editora Appris, por sua assistência impecável em todas as etapas do livro.

Em especial, a toda a minha família, que sempre me apoiou e me incentivou nos desafios da vida.

À minha esposa e aos meus filhos, que me ajudaram a escrever o livro e que estão sempre ao meu lado.

Obrigado!

SUMÁRIO

1 MISSÃO FARMACÊUTICO 11

2 ALEGRIA DE PRINCIPIANTE 12

3 DOCE SABOR 14

4 NEM REZANDO O SANTO AJUDOU 17

5 ABENÇOADO XAROPE 19

6 IMAGINE UMA LARANJA 22

7 CONFIANTE, SÓ QUE NÃO 24

8 EM BUSCA DE UM SONHO 26

9 QUEBRANDO NOSSA MORAL 28

10 ALÔ! OBRIGADO! TCHAU! 30

11 UM PEQUENO BEIJA-FLOR 33

12 PAPO RETO 35

13 OBSERVANDO E NADA MAIS 37

14 BALDE DE ÁGUA FRIA 40

15 TUDO QUE ENTRA SAI 42

16 ESSE BICHO MORDE? 44

17 A BRINCADEIRA DEU RUIM 46

18 DE MÉDICO E LOUCO TODO MUNDO TEM UM POUCO . 48

19 NERVOS À FLOR DA PELE 51

20 ODONTOCÊUTICO? 54

21 TUDO O QUE NÃO USA ATROFIA 57

22 SEGREDO DE ESTADO 59

23 O DISFARCE PERFEITO 62

24 MUITA CALMA NESSA HORA 64

25 CORAGEM É POUCO 66

26 RESILIÊNCIA E CRIATIVIDADE 68

27 UÉ, CADÊ? 70

28 SURPREENDA 72

29 PÉ NA COVA 74

30 MUNDAÇA DE LUGAR, NÃO DE ESTILO 77

31 CARDÁPIO DE HOJE 80

32 XÔ, COVID! 82

MENSAGEM FINAL 85

1
MISSÃO FARMACÊUTICO

Como muitos dos garotos, comecei trabalhar como *office boy*, no meu caso em uma farmácia, aos 13 anos de idade. Fazendo trabalhos externos, como cobrança, entregas, idas ao correio, ao banco, à contabilidade, entre outros. Para mim, um ambiente muito sério de doutores, imaginava eu que pouco entendia do mundo, era quase um hospital, sendo o farmacêutico quase um médico. Principalmente porque todos que ali trabalhavam já tinham mais de 40 anos. Quando observava um cliente chegar e pedir para falar com o farmacêutico, achava tão legal aquilo. Para mim, era como um paciente consultando um médico. Todos sérios. Risos e gargalhadas somente quando o patrão contava alguma piada; mesmo que não tivesse graça, começava a rir primeiro, então todos o seguiam com gargalhadas.

Com essa pouca idade, jamais poderia imaginar que trabalharia por tanto tempo em farmácia, que essa seria a minha profissão, muito menos que a profissão de farmacêutico poderia ser tão gratificante e, acreditem, às vezes bem divertida.

Com meus 14 anos de idade, comecei a atender no balcão da farmácia. Na verdade, ajudava algum dos balconistas que estavam ali atendendo; quando tinha muito movimento, e os balconistas não davam conta, eu me arriscava a iniciar o atendimento sozinho.

2

ALEGRIA DE PRINCIPIANTE

O primeiro atendimento que fiz, no balcão de uma farmácia de dispensação, já entrou para a minha história.

— Boa tarde, senhor! — eu disse.

— Boa tarde! Eu quero um Clorana[1] — respondeu-me o cliente.

— Sim, já vou pegar!

Voltei ao balcão feliz por ter achado o produto, entre milhares de itens dentro da farmácia, e isso, para um iniciante, já é algo fantástico. Aí o cliente, com uma cara de bravo, me falou:

— Mas eu não pedi isso!

Eu fiquei confuso, e, antes mesmo de responder alguma coisa, meu patrão já estava do meu lado.

O problema é que eu tinha pegado colorama, um xampu para cabelos muito vendido na época. Além de o cliente não ter gostado, o erro me rendeu uma advertência do patrão.

— Preste mais atenção menino! — falou meu patrão bem alto e na frente do cliente.

---
[1] Medicamento usado como diurético.

E esse foi meu primeiro constrangimento frente a um cliente.

Assim começa uma profissão tão nobre, séria, em alguns casos, muito divertida, com acontecimentos inusitados e hilários quase diariamente, em todos esses anos, que trabalho em farmácia.

Não demorou muito, e logo comecei a aprender, claro que com as limitações da minha pouca idade. Sempre fui muito curioso e dedicado nas coisas que fazia, e essa curiosidade me fazia perguntar muito para poder aprender, pois naquela época não existia Google. De pergunta em pergunta, eu ia aprendendo cada vez mais.

Assim, mesmo com pouca experiência, eu tentava ajudar da melhor maneira possível, mas pequenos erros infelizmente acontecem quando se tem pouca experiência, e, numa tarde de bastante movimento na farmácia, estou lá atendendo novamente.

3

DOCE SABOR

— Boa tarde, senhor! — disse eu ao cliente.

— Boa tarde! Preciso do medicamento Nimodipino[2] — respondeu-me.

— Ah sim! Já vou pegar.

Voltei com o medicamento certo conferi com o cliente, tudo ok. O cliente, então, pediu um copo d´água para tomar o comprimido.

Prontamente fui buscar, e, quando chego ao balcão novamente, o cliente, que tinha um lado paralisado pelo Acidente Vascular Cerebral (AVC), me disse:

— Acabei derrubando o comprimido embaixo do balcão quando tirei da embalagem, Pega pra mim. Vou tomar, pois é muito caro pra desperdiçar dinheiro!

Achei um pouco estranho pegar um comprimido do chão, mas, enfim, me abaixei rapidamente, olhei embaixo do balcão, avistei o comprimido e o peguei. Entreguei para o cliente, que logo colocou na boca para engolir e, mais rápido que nunca, falou:

— Mas meu comprimido não é doce! — E cuspiu o comprimido na própria mão. — Você me deu o comprimido errado!

---
[2] Medicamento para deficiências neurológicas pós Acidente Vascular Cerebral (AVC).

    Eu estranhei porque tinha pegado o comprimido que tinha caído no chão, então me abaixei novamente para me certificar e, para minha surpresa, quando olhei com mais atenção, vi que tinhas várias balinhas (daquelas em formato de comprimido) caídas no chão e, inacreditavelmente, o comprimido do cliente ainda estava no chão, no meio delas.

Sem palavras, peguei o comprimido certo e o entreguei para o cliente, que o tomou e saiu feliz da vida.

Dessa vez não levei advertência, pois meu patrão não viu o que tinha acontecido. Ainda bem porque, se ele não me chamasse a atenção pelo comprimido que eu tinha pegado errado, seria pela sujeira que estava embaixo do balcão. Ufa!

E, de informação em informação, eu ia aprendendo uma infinidade de atividades que têm dentro de uma farmácia, claro que as situações inusitadas também não paravam de aumentar, e às vezes o improviso é o melhor remédio.

4

NEM REZANDO O SANTO AJUDOU

A aferição de pressão arterial na farmácia é muito simples e requer pouco treino para aprender, isso aprendi com relativa facilidade. Diariamente aferia a pressão de muitos clientes até que...

— Bom dia, senhora! — cumprimentei a cliente.

— Bom dia, jovem! — respondeu-me ela. — Gostaria de ver minha pressão!

— Pois não! Vamos lá! — falei de modo firme, pois sabia muito bem como fazer.

Pedi que a cliente entrasse na sala de aferição e se sentasse. Quando ela apoiou o braço no suporte, percebi o tamanho de seu braço, devia dar uns cinco do meu braço franzino de adolescente.

Coloquei o esfigmomanômetro[3] e comecei a rezar para que a última regulagem da braçadeira coubesse no braço da cliente, mas não deu, o aparelho não abraçava a circunferência do braço da senhora. Então, sem saber o que fazer, chamei o farmacêutico, que veio com um sorriso no rosto de quem já sabia o que fazer.

---

[3] Aparelho para aferir a pressão arterial.

Ele posicionou o aparelho no punho da senhora, como se fosse um aparelho de pulso e mediu a pressão, que estava boa. Ela saiu feliz, e eu aprendi mais uma.

São pequenos detalhes que fazem toda a diferença no momento do atendimento ao cliente, como estar sempre atento às individualidades de cada pessoa para melhor atendê-la.

5

ABENÇOADO XAROPE

Nas cidades do interior, existia o rodízio de plantão (no qual as farmácias se organizavam para que ficasse sempre uma atendendo 24 horas por dia, e, no período noturno, o atendimento acontecia por meio de grades por motivo de segurança). Então lá estava eu, à noite, na farmácia para atender pelas grades. O movimento de clientes à noite era bem pequeno, mas os atendimentos para mim eram bem complicados, pois eu tinha pouca experiência ainda para fazer sozinho. A instrução era chamar o gerente — que também estava na farmácia em uma quitinete anexa — caso fosse algo que eu não soubesse. A farmácia dispunha de cama para eu dormir também, pois às vezes fazia somente dois ou três atendimentos na madrugada inteira. Nesse dia especificamente, eu estava bastante cansado e estava dormindo quando um cliente apertou a campainha. Como, a princípio, era uma coisa bem simples, não achei necessário chamar o gerente, mas...

— Boa noite, senhor! — cumprimentei o cliente.

— Boa noite! — o cliente respondeu.

— O que o senhor precisa? — perguntei.

— Preciso de um remédio para o ouvido do meu filho, que está reclamando de dor.

— Sim, já vou buscar!

Fiz o atendimento explicando como que ele daria o medicamento para o filho, ele agradeceu, foi embora, e eu voltei a dormir.

No dia seguinte, chegou o mesmo cliente da noite anterior para falar com o farmacêutico responsável pela farmácia (no caso meu patrão).

Eu já comecei a tremer, pensando que poderia ter feito algo errado no atendimento daquele cliente.

Então ele começou a explicar o que tinha acontecido:

— Eu vim ontem de madrugada comprar um remédio para o ouvido do meu filho, e o rapaz me deu um xarope pra tosse e falou pra dar uma colher de sopa três vezes ao dia, e eu, achando que era remédio pra pôr no ouvido, coloquei o xarope no ouvido dele.

Eu, ouvindo aquilo, além de tremer, comecei a ficar vermelho e, num impulso, falei que não e que o cliente tinha pedido um remédio para tosse, e não para dor de ouvido.

Meu patrão interrompeu a fala do cliente:

— Como está o menino? Melhorou?

Nervoso o cliente falou:

— Acho que sim, está melhor!

— Então do que está reclamando? — disse meu patrão terminando a conversa.

Para minha sorte, o patrão acreditou em mim, e me safei de levar uma advertência. Até hoje eu tenho minhas dúvidas se o cliente pediu errado ou eu entendi errado.

"A profissão farmacêutica como qualquer outra profissão exige atenção e cuidado, para que não ocorram erros, que no caso de medicamentos podem ser perigosos e trazer sérias consequências".

6

IMAGINE UMA LARANJA

Quanto mais o tempo passava, mais experiência eu adquiria e, por consequência, mais responsabilidades o patrão me dava, como aplicar injetáveis. Para quem sabe, é muito fácil e relativamente simples, mas, quando é a primeira injeção da sua vida, nada é tão simples. Até para quebrar ampola é difícil.

— Boa tarde, senhora! — cumprimentei a cliente.

— Boa tarde! Gostaria desse remédio — respondeu-me ela, entregando uma receita para mim.

— Sim, já vou pegar — disse.

Observei que era uma injeção e avisei. Ela concordou no mesmo instante.

— Vou preparar, e o farmacêutico vai aplicar — falei.

Ela concordou balançando a cabeça. Preparei a injeção. Como era costume, nós, iniciantes, apenas preparávamos, e alguém mais experiente aplicava. A maior experiência dos iniciantes era aplicar água destilada em uma laranja, e isso eu já tinha feito muitas vezes. Terminada a preparação, chamei o farmacêutico. Ele chegou bem perto de mim e falou baixinho:

— Aplica você.

— Mas eu não sei ainda — retruquei imediatamente.

— Sabe sim! Você já aplicou em uma laranja, é a mesma coisa, e a cliente tem uma bunda bem grande, não tem erro — ele respondeu.

Então eu fui. A cliente tremia de medo, e eu, de nervoso. Por fim, fiz tudo certo, e a cliente falou que nem tinha doído muito, talvez para me agradar. Respirei aliviado e dei um sorriso tímido de felicidade.

Esse acontecimento merece um destaque muito especial na minha carreira, pois eu estava com muito medo e, mesmo assim, aceitei o desafio e o executei. A partir desse momento, ganhei a confiança do meu patrão, fui promovido e passei a fazer os plantões no período noturno da farmácia e, além disso, tive um aumento salarial.

"isso tudo nos mostra que os desafios da vida nos fazem crescer ainda mais".

7

CONFIANTE, SÓ QUE NÃO

Claro que os companheiros de balcão são especiais na arte de fazer pegadinhas, principalmente com os iniciantes, e comigo não foi diferente.

Num sábado à tarde, logo no início de nosso plantão, um colega me disse:

— Menino[4], atende aquela cliente que precisa tomar uma injeção.

Tranquilo, fui confiante, pois aplicava injeção, há alguns meses, e não teria problema nenhum.

— Boa tarde, senhora! — cumprimentei a cliente.

— Boa tarde, jovem! Vim tomar minha injeção — respondeu ela me entregando sua receita.

— Tá ok, já vou preparar. Verifiquei o nome do medicamento, peguei e comecei a preparar. Aí olhei o modo de usar, como administrar o medicamento, e vi a sigla EV, ou seja, endovenosa, aplicação direto na veia. Na teoria já sabia, mas na prática não.

Nesse momento a senhora perguntou:

— Você sabe aplicar desse jeito?

---

[4] Chamavam-me assim, pois eu era o único com 16 anos de idade na farmácia.

— Sim, sei sim, faço isso todo dia, pode ficar despreocupada — respondi firme.

Não sei se a cliente percebeu que eu estava tremendo, mas continuei o procedimento e, para meu desespero, errei a veia na primeira tentativa. Esbocei uma reação forçadamente tranquila e falei:

— Nossa! A senhora tem uma veia difícil!

— Tenho mesmo, tem dias que é difícil conseguir — disse ela para minha pequena felicidade.

Mesmo muito nervoso, tentei aplicar, pela segunda vez, no outro braço e, com muito cuidado, consegui acertar a veia da senhora, que ficou feliz, pois já estava ficando tensa.

Eu, além de feliz, estava aliviado e um pouco pálido, mas satisfeito por ter superado mais esse desafio.

Nem preciso dizer que, quando sai da sala de aplicação, os balconistas estavam rindo de mim, tentando disfarçar para a cliente não perceber.

8

EM BUSCA DE UM SONHO

Passado algum tempo e já com uma boa bagagem de experiências, foi necessário dar um passo mais importante, que seria a formação acadêmica. Então, da cidade do interior de Santa Catarina, eu fui para a capital do Paraná, trabalhar e fazer a faculdade de Farmácia e Bioquímica.

Nesse período tinha 19 anos de idade e, como trabalhava em farmácia desde os 13, não tive dificuldade em arrumar trabalho na capital. Eu estava mais velho e mais maduro, porém ainda tinha muito a aprender, principalmente com a questão de atendimento, que muda completamente de uma cidade no interior para uma na capital.

Em um dos meus primeiros atendimentos, ficou bem claro que a banda tocava diferente ali.

Avistei o cliente atravessando a rua em direção à farmácia. Rapidamente me posicionei para cumprimentá-lo e atendê-lo.

Mas a primeira frase que ele exclamou, sem antes mesmo de me cumprimentar, foi:

— Qual é o desconto que vocês dão aí?

Antes que eu pudesse falar boa-tarde, ele continuou:

— Porque, se não for bom, eu nem entro!

Ali ficou claro que na capital não tinha espaço para amadores.

Falei o desconto máximo que eu tinha autonomia para fazer, e o cliente simplesmente virou as costas e saiu sem nem dar tchau. Sabe aquelas horas em que você pensa em mudar de profissão, essa foi uma delas.

Porém, como todo bom teimoso, não desisti, porque felizmente essas pessoas são a minoria. Mas tem dias que nos tiram do sério com comentários negativos, por exemplo algumas respostas dadas a um simples "bom-dia", como: "só se for pra você", "já tive dias melhores", "não estou num bom dia", "seria se eu não estivesse aqui".

Poderia citar inúmeras, "mas pensamentos e frases negativas são tóxicos, devem ser excluídos da nossa vida rapidamente".

9

QUEBRANDO NOSSA MORAL

A parceria, dentro de uma farmácia, é vital, tanto para os colaboradores como para a própria empresa. Felizmente coleciono inúmeros colegas de profissão ao longo todos esses anos; muitos deles viraram amigos de longa data, e, claro, algumas situações inusitadas envolveram esses amigos, como em uma tarde de sábado.

Estávamos, eu e esse colega farmacêutico, em atendimento, e um terceiro cliente se posicionou no balcão da farmácia e aguardava a sua vez. Meu colega terminou o atendimento e cumprimentou o cliente:

— Boa tarde!

— Boa tarde! Gostaria de uma caixa do medicamento x[5].

Meu colega falou o valor do medicamento, e o cliente retrucou imediatamente:

— Dá pra fazer 50% de desconto?

— Aí você me quebra as pernas[6], não tem como — respondeu meu colega.

---
[5] Nesse caso o nome do medicamento não tem influência.
[6] Jargão utilizado para dizer que está fora do alcance.

O cliente pagou o valor inicialmente falado, agradeceu, se virou e saiu mancando de dentro da farmácia. Ele tinha uma deficiência nas pernas, e nós não tínhamos visto quando ele entrou.

Isso gerou um constrangimento muito grande entre meu colega e eu por não termos prestado mais atenção à chegada do cliente. Felizmente o cliente não se importou com a maneira de falar do meu colega, e, a partir daí, passamos a evitar utilizar jargões durante um atendimento no balcão.

"A atenção, dentro de uma farmácia, deve ser constante e deve-se evitar a utilização de jargões ou frases no sentido figurado", para que não aconteçam constrangimentos desse tipo que passamos.

10

ALÔ! OBRIGADO! TCHAU!

Cada cliente possui suas peculiaridades, e todo bom profissional deve saber identificá-las e entendê-las para melhor ajudar no momento do atendimento. Pois bem, esse é um exemplo bem interessante.

Tocou o telefone, eu atendi, falei o nome da farmácia e disse boa-tarde.

A cliente me cumprimentou e falou:

— Vocês fazem entrega aí, né?

Pela voz, conheci quem era, dona Antônia[7], uma cliente de idade com problemas de audição.

— Dona Antônia, não fazemos entrega — respondi.

O ano era 1998, e muitas farmácias não faziam entrega em domicílio, como era o caso da nossa.

A cliente me disse:

— Vou querer então um Omeprazol.

— Dona Antônia, não fazemos entrega — tentei interrompê-la, insistindo na resposta.

---

[7] Nome fictício.

Mas ela não parou:

— Simeticona, duas cartelas de Dipirona.

— Dona Antônia, não fazemos entrega — disse falando mais alto ainda.

— Me manda também aqueles efervescentes que eu gosto de tomar — continuou ela.

— Dona Antônia, não fazemos entrega em casa — tentei mais uma vez.

— Não, não vou sair de casa. Pode vir a hora que você quiser — respondeu ela.

Desligou o telefone, sem ter ouvido uma palavra que eu falei.

Pois bem, separei o pedido dela, esperei fechar a farmácia e fui fazer a entrega em sua casa a pé, pois não tinha nem mesmo uma bicicleta.

A partir daquele dia, mesmo a farmácia não disponibilizando o serviço de entrega em domicílio, para meus clientes, eu levava depois do fechamento da farmácia, e o fazia a pé mesmo.

"Faça sempre um pouco a mais, surpreenda o cliente", com certeza ele ficará satisfeito.

11

UM PEQUENO BEIJA-FLOR

A venda de pomadas cicatrizantes para tatuagens é muito comum nas farmácias, e, em um dia de atendimento, chega uma cliente.

— Boa tarde, moça! — falei.

— Boa tarde! — respondeu uma moça muito bonita, que já era cliente da farmácia.

Em seguida falou:

— Preciso de uma pomadinha para tatuagem.

— Sim — respondi. — Já vou pegar!

Voltei com a pomada e, enquanto registrava a venda no computador, iniciei uma conversa, como de costume. É bom conversar bastante com o cliente para entender melhor as necessidades de cada um.

— Você gosta de tatuagens? Já tem alguma? — perguntei.

— Sim, adoro! É a minha primeira — respondeu toda entusiasmada.

Eu, sem maldade nenhuma, meio no automático falei:

— Que legal, onde é?

A moça, sem a menor cerimônia, abaixou a calça quase até a virilha e me mostrou a tatuagem de um pequeno beija-flor.

Eu, todo envergonhado, falei que era muito bonita, agradeci a preferência, e ela foi embora.

Meu colega farmacêutico que observou o atendimento, mas não viu a tatuagem, passou uns dois meses me perguntando todos os dias como era o beija-flor da moça.

"Atenção, a curiosidade tem limites".

12

PAPO RETO

Às vezes ficamos entre a cruz e a espada, porque nem o improviso resolve a situação.

Já tive um patrão que era um farmacêutico de idade avançada, daqueles que têm a fala firme, a voz bastante elevada e praticamente nenhuma sutileza.

Num dia quase normal na farmácia, um colega balconista e eu estávamos atendendo, quando uma cliente entra e se aproxima. Esse meu patrão se dispôs a atendê-la.

Eu, que já tinha terminado meu atendimento, fui ajudá-lo. Ele cumprimentou a cliente em tom firme e alto, ela respondeu e pediu entregando a receita:

— Preciso desse remédio!

O patrão só me falou o nome do medicamento, e eu fui buscar. Voltei com o medicamento (que era supositório), entreguei ao patrão, que imediatamente falou para a cliente segurando o medicamento:

— Esse a senhora coloca duas vezes ao dia.

Eu percebi que a cliente não tinha entendido, então pensei rápido, comecei a escrever a forma de usar em uma etiqueta adesiva para colar na caixa e, de maneira mais discreta, mostrar para ela ler, pois a instrução de como utilizar o medicamento é dever do farmacêutico, não se pode deixar o cliente com dúvidas na hora de administrar um medicamento.

Porém não deu tempo, e a cliente questionou:

— Não entendi. Como toma o medicamento?

— A senhora põe na ***** duas vezes ao dia — meu patrão respondeu, falando alto.

— Agora entendi — disse a cliente muito constrangida.

Ela agradeceu e foi embora; eu fiquei com a etiqueta na mão e não pude nem colar na embalagem do medicamento.

Então, "há um jeito certo de passar a informação", de maneira clara, mas discreta, para que não ocorra constrangimentos desnecessários.

13

OBSERVANDO E NADA MAIS

Às vezes você pode ter muito preparo, ter bastante experiência, saber falar com o cliente e muitas outras qualidades, mas simplesmente você vira um expectador da situação.

Estava atendendo uma cliente, e minha colega ao lado atendia outra.

Minha cliente perguntou o valor de uma pomada para fimose, muito utilizada em crianças e com valor bastante elevado.

Verifiquei o valor da pomada e lhe informei.

Ela, por sua vez, esboçou uma reação de surpresa e disse:

— Nossa, que caro!

A cliente que estava ao lado, e ouvia a conversa, falou, indagando:

— Caro mesmo, né?

As duas prosseguiram na conversa:

— Eu tenho um filho que precisa usar essa pomada, mas não comprei ainda por conta do preço.

— Você não quer dividir a pomada? — surpreendentemente, minha cliente perguntou para a outra.

Minha colega e eu, a essa altura, estávamos escorados no balcão sem palavras, apenas assistindo.

— Vamos sim, mas como vamos dividir? — a outra cliente respondeu.

— Você tem aqueles potinhos de coletor esterilizado? — minha cliente perguntou a mim.

Respondi que sim, balançando a cabeça.

— Ótimo! — disse ela.

Entreguei o frasco, ela abriu a pomada apertou umas três vezes, observando a quantidade de pomada que saía do tubo, de maneira que ficasse dividida em partes, mais ou menos, iguais. Então, pediu que eu cobrasse metade do preço de cada uma.

Somamos a metade do valor da pomada com o restante das compras de cada cliente, cada uma pagou a sua parte, e saíram felizes por terem gastado somente metade do valor com a pomada.

O mais interessante é que elas não se conheciam!

A essa altura do livro, você deve estar se perguntando como esse jovem atendente tem tantas histórias para contar.

Pois bem, são, nada mais nada menos, que 30 anos de profissão. Então acredite, neste livro estão apenas algumas das histórias que aconteceram, eu não teria como contar todas, tive que me esforçar para separar as melhores e condensar em apenas um livro.

14

BALDE DE ÁGUA FRIA

O ano era 1999 e tinha entrado na universidade.

Claro, não foi tão simples assim, passei a fase dos cursinhos preparatórios, a fase do macarrão instantâneo, a fase dos biscoitos recheados, a fase de acordar às 6h15 da manhã. Muitas pessoas me desestimulando com dizeres do tipo: "pra que fazer faculdade?"; "farmacêutico ganha menos que um balconista"; "é perda de tempo"; "você não vai conseguir".

Uma dessas muitas frases me marcou, e eu ouvi isso de uma pessoa próxima — nessa época meu salário era menor que o valor da mensalidade da faculdade, e eu tinha que vender muito para poder arcar com as despesas.

A tal pessoa me chamou pelo nome e disse:

— Se a gente não pode é melhor nem começar.

Fiquei chocado com o que ouvi, mas, como mencionei anteriormente, pensamentos e frases negativas são tóxicos, devem ser excluídos da nossa vida. Eu fiz mais ainda, me afastei dessa pessoa.

Usei a frase ao contrário, "comece porque você pode", e segui em frente na minha jornada mirando sempre as coisas boas e positivas e ignorando as coisas ruins e negativas.

15

TUDO QUE ENTRA SAI

Bom, como muitos universitários, eu tinha que me desdobrar trabalhando muito para pagar a faculdade e estudar.

Mas nem por isso deixava de participar das saídas nas noites de sexta-feira, e uma dessas saídas me rendeu mais uma história.

Sábado pela manhã, eu estava na farmácia, sentado num cantinho para tentar me esconder dos clientes, pois tinha saído na noite anterior e tomado umas cervejinhas; estava com o estômago embrulhado e com muita dor de cabeça. Minha estratégia de me esconder logo foi interrompida por um cliente que queria ser atendido por mim.

Fui até o cliente, forçando uma aparência de tranquilidade, que teria dado certo se não fosse pelo tempo exagerado do atendimento.

Eu atendi o cliente de forma ágil, pensando que ele já iria embora, e eu voltaria ao meu cantinho para curtir a minha ressaca.

Mas sabe aqueles clientes que se escoram ou se debruçam no balcão para conversar? Pois foi bem isso que aconteceu, e realmente aquele não era meu melhor dia.

O cliente começou a falar sem parar, e eu ouvindo só respondia:

— Aham... sim... aham!

Os minutos pareciam horas. Eu fui piorando, ficando mais enjoado, e o cliente não parava de falar.

Puxei um daqueles bancos mais altos que estava próximo e sentei, o que me deu um alívio, mas não durou muito tempo.

O cliente continuou falando, e eu continuei enjoado, até o momento em que pus a mão na boca e saí correndo para o banheiro para vomitar.

O cliente sem entender nada, reclamou com o outro atendente e foi embora. Eu só voltei depois de alguns minutos, após uma pequena melhora.

Essa é uma parte um pouco nojenta das histórias, mas não menos interessante, e, de certa forma, na farmácia essas coisas são bem comuns, clientes que pedem o banheiro porque não estão se sentindo bem ou crianças que vomitam no chão mesmo. É compreensivo, pois foram até a farmácia porque não estavam bem.

16

ESSE BICHO MORDE?

Ainda sobre coisas nojentas que acontecem na farmácia, mais uma história.

Uma senhora já de idade se aproximou do balcão, e eu a cumprimentei:

— Boa tarde!

— Boa tarde! — ela respondeu com dificuldade.

Tive a impressão de que a dificuldade de falar era por conta de uma afta ou um dente doendo. Percebi que não era quando ela pediu:

— Vocês têm aquele creme para fixar a dentadura?

— Temos sim — respondi.

Quando coloquei o produto no balcão, ela, com uma certa pressa, logo me entregou o dinheiro. Recebi rapidamente e, quando peguei a sacola para embalar o produto, me deparei com uma cena inacreditável. A senhora, colocando a dentadura no balcão da farmácia, disse:

— Passa pra mim, eu nunca usei e não sei como fazer.

— Ham? — saiu sem querer.

A situação foi tão inusitada que eu não soube como agir. Eu queria ajudar, mas não sabia como fazer. Então, peguei o tubo de creme e espremi em cima da dentadura, tomando o cuidado para não tocá-la com a minha mão. Ela pegou a dentadura do balcão, colocou na boca, acomodou-a, me agradeceu e saiu.

17

A BRINCADEIRA DEU RUIM

A universidade nos ensina muitas coisas, mas muito pouco em relação aos atendimentos; isso fica por conta de cada um e do seu interesse em melhorar. Sempre fui muito simpático nos meus atendimentos e, eventualmente com clientes já conhecidos, tinha conversas descontraídas e fazia, até mesmo, algumas piadas para divertir os clientes, e assim foi...

Uma cliente entrou na farmácia e se dirigiu à prateleira de materiais higiênicos, mas especificamente dos sabonetes.

Direcionei-me até ela, chamei-a pelo nome e a cumprimentei. Ela respondeu com um sorriso no rosto — já era uma cliente muito conhecida, ia sempre à farmácia e era muito brincalhona, mas não nesse dia.

— Menino, me ajude a escolher um sabonete bom e barato!

Eu lhe mostrei algumas opções das quais ela não gostou; escolheu um sabonete mais caro.

Com o produto na mão, ela falou:

— Esse aqui parece ser muito bom, mas é o mais caro.

— É sim, mas se a senhora gostou desse — disse concordando com a cabeça.

Ela deu um sorriso e me perguntou:

— Dura bastante?

E eu, no intuito de descontrair, respondi:

— Dura anos. — Percebi a cara de supressa dela. — Se não tirar da embalagem para usar!

Comecei a rir, e, no mesmo instante, ela fechou a cara e falou em voz alta:

— Seu mal-educado, onde já se viu fazer uma brincadeira dessas!

Fiquei desconsertado, ela colocou o sabonete na prateleira, deu as costas e saiu sem dar tchau.

A vida inteira é um aprendizado, e, assim, eu aprendi mais uma. O atendimento no balcão deve ser imparcial, educado, simpático, mas sem exagero, mesmo que o cliente seja conhecido da casa, pois ele pode não estar em um dia muito bom.

18

DE MÉDICO E LOUCO TODO MUNDO TEM UM POUCO

Outra coisa que não ensinam na universidade são as crendices populares, que são muitas; algumas pessoas levam muito a sério, e com algumas delas já estamos acostumados, como:

*tomar vermífugo apenas no mês de maio;

*para alergia ou micose na pele, assim que iniciar, circular com uma caneta para não aumentar;

*passar creme dental em queimaduras de pele.

E uma dessas crendices me deu muito trabalho para explicar e rendeu mais uma história.

Uma cliente, com um bebê de uns dois meses no colo, chegou à farmácia, cumprimentei-a e fiz um elogio à criança. Ela agradeceu, cumprimentou-me e disse:

— Eu preciso de um colírio para conjuntivite[8] para o bebê.

— A senhora precisa levar o seu filho ao oftalmologista — respondi imediatamente.

---

[8] Inflamação nos olhos.

— Já estou pingando **** (inaudível), mas não está melhorando — ela continuou.

Eu não entendi o remédio que ela estava pingando. Aproximei-me do bebê, que estava acordando, olhei atentamente em seus olhos e observei uma secreção esbranquiçada.

Então perguntei:

— Qual medicamento a senhora está pingando mesmo?

— Estou pingando leite materno três vezes ao dia — respondeu a cliente muito confiante.

— Hãm? — Saiu sem querer, não acreditava no que eu ouvia. — Não, não faça isso, pare imediatamente de pingar o leite e leve-o ao oftalmologista — disse-lhe com uma cara de espanto.

— Mas foi minha mãe que falou que era bom e que me tratava assim quando eu era bebê — falou muito calmamente.

Então desfiz a cara de surpresa, expliquei calmamente que poderia piorar a situação e que ela deveria levá-lo oftalmologista naquele mesmo dia. Assim ela o fez. Voltou mais tarde com a receita médica, levou o colírio correto e agradeceu. Três dias depois, o bebê já estava bem, e a cliente voltou para me agradecer por eu ter insistido para que ela fosse ao especialista.

Às vezes a crendice popular é tão forte e está tão enraizada nas pessoas que as fazem duvidar dos profissionais.

"Devemos ter sensibilidade e muito jogo de cintura para convencer a pessoa de que aquilo está errado e instruir o correto".

19

NERVOS À FLOR DA PELE

Nesse mesmo ano (1999), surgia no Brasil o medicamento genérico — um medicamento que tem a mesma ação do medicamento de referência, porém com um valor geralmente menor.

Amado por muitos e odiado por outros, hoje já é bastante conhecido e divulgado, mas na época não, portanto muitas dúvidas surgiram principalmente para os clientes, que ficavam bastante confusos.

Até que os clientes se familiarizassem com o termo "medicamento genérico", muitos termos errados foram usados, como: medicamento genético, medicamento Genésio, medicamento transgênico, medicamento diurético, entre outros.

Na farmácia onde eu trabalhava, a instrução para os balconistas era dar a opção para o cliente, explicar, e o próprio cliente decidiria qual levar. Parece simples, né?

Eis que um dia entrou um cliente, eu o cumprimentei, ele, por sua vez, respondeu e me entregou a receita.

Separei o medicamento e, conforme nossa instrução, expliquei e dei a ele a opção do medicamento genérico. O homem soltou um palavrão e, muito furioso, falou que não queria.

Respondi que tudo bem, um pouco frustrado com a grosseria. O cliente pagou o medicamento e foi embora.

O patrão vendo aquilo me disse:

— Se você achar melhor não oferecer o medicamento genérico, tudo bem.

Concordei balançando a cabeça.

Poucos minutos depois, fui atender outro cliente e, como ainda estava chateado, segui a nova orientação do patrão e não ofereci o medicamento genérico. Iniciei o atendimento e peguei o medicamento que constava na receita.

O cliente perguntou o preço, eu informei.

— Vocês não têm o medicamento genérico aqui? — ele perguntou.

— Sim — respondi um pouco arrependido de não ter falado antes.

— Então vou querer — ele me disse. — Você queria me vender o mais caro, né? — falou em tom de enfrentamento.

Não retruquei, ele pagou e foi embora.

O patrão, que também tinha visto o segundo atendimento, já veio rindo da situação, eu também comecei a rir. Então ele falou:

— Faz o que você acha melhor.

Concordei, balançando a cabeça e rindo.

"Esse episódio reforça a individualidade de cada cliente" e que atendimento padronizado pode não ser uma boa ideia em farmácias.

20

ODONTOCÊUTICO?

É interessante notar que, mesmo em uma capital, existem bairros tão distantes, que se assemelham muito a cidades de interior

O ano era 2003, e eu estava prestes a me formar, comecei a receber algumas propostas de trabalho. Algo que começava a fazer sentido, em minha vida, pois, até então, eu que corria atrás dos empregos, mas, a partir desse período, as oportunidades começaram a vir até mim.

"Todo objetivo pode ser alcançado. Se você sabe o que quer e está determinado, você vai conseguir."

Aceitei uma das propostas e fui trabalhar num desses bairros distantes do centro da capital, já como farmacêutico responsável.

Eu estava extremamente feliz por ter conseguido me formar na universidade e podia falar com orgulho: sou um farmacêutico e bioquímico formado. Porém, mesmo com diploma na mão, bastante teoria, experiência prática, não fui privado de passar alguns apuros.

Especialmente nesses bairros, mais afastados, os clientes valorizam mais o profissional farmacêutico, e isso é muito gratificante.

Alguns clientes confiam tanto no farmacêutico que, mesmo indo ao médico, pedem para o farmacêutico conferir a receita, para ver se está tudo certo, e ainda para dar sua opinião.

Mas e quando o cliente pede para você arrancar um dente dele?! Isso mesmo que você está lendo. Arrancar um dente!

O cliente chegou à farmácia com uma mão segurando um lado da bochecha.

Fui atendê-lo, e com dificuldade ele falou:

— Estou com uma dor insuportável no meu dente. Já estou tomando remédio, mas não passa a dor.

Dava para perceber na fisionomia dele que estava sofrendo com aquilo. Perguntei se ele já tinha ido ao dentista, ele respondeu que não tinha mais horário naquele dia e pediu:

— Arranca o dente pra mim!

— O quê? — respondi espantado.

— É, arranca o dente pra mim, tá doendo muito!

— Não posso fazer isso, não sou dentista. Mas vou ligar para um dentista que conheço e vou tentar marcar uma consulta de emergência.

Felizmente deu certo, e ele foi atendido rapidamente.

Apesar de a farmácia ser um comércio, muitas vezes não acontece a venda do produto, mas a função do profissional, vai além disso. Se podemos ajudar de alguma maneira, com uma recomendação, um conselho ou uma instrução, porque não o fazer. Tenha certeza de que seremos reconhecidos.

21

TUDO O QUE NÃO USA ATROFIA

Às vezes essa confiança no farmacêutico é tanta, que o cliente fica à vontade para contar coisas que você não gostaria de ouvir, e assim aconteceu.

Anízio[9], cliente assíduo, um jovem de uns 30 anos de idade, foi à farmácia para conversar comigo um dia.

— Estou pensando em tomar bomba[10]. O que você acha?

— Não faça isso, você já faz academia, não tem necessidade. Além do mais, você precisa passar por um médico, que também será contra — respondi um pouco surpreso.

Continuei listando uma série de efeitos colaterais que poderiam ocorrer com o corpo dele e, entre vários que citei, para tentar desestimulá-lo, frisei um muito bem. Na certeza de que, com o argumento, conseguiria fazê-lo desistir da ideia, eu lhe disse:

— Você vai ter impotência sexual!

Surpreendentemente a resposta dele foi:

— Eu sei, eu quero aproveitar esse período, porque eu terminei com a minha namorada e não estou usando.

---
[9] Nome fictício.
[10] Gíria usada para se referir ao anabolizante.

Eu não acreditava no que ouvia. Listei mais alguns efeitos colaterais, finalizamos a conversa, e ele saiu.

Poucos dias depois, ele se mudou do bairro, e não tive mais contato com ele.

Não sei se consegui convencê-lo, mas estava ciente de que tinha feito meu papel de profissional.

22

SEGREDO DE ESTADO

Por falar nesse assunto (impotência), não posso deixar de mencionar o comprimidinho azul, o medicamento que chegou a ser o mais vendido no Brasil e que revolucionou o mercado de medicamentos para disfunção erétil. Esse medicamento tem inúmeros apelidos. Geralmente os clientes chegam a um cantinho da farmácia e falam baixinho, como se estivessem num confessionário com o padre: "eu quero um azulzinho"; "pega pra mim um daquele reforço"; "veja um comprimido do poderoso"; "eu quero um comprimidinho!".

Ou simplesmente fala "quero um daquele", como se nos tivéssemos uma bola de cristal para adivinhar o que o cliente quer.

Esse foi mais um acontecimento.

Eu estava na parte do fundo da farmácia, e tinha duas balconistas antes de chegar a minha vez de atender.

Pois bem, entrou um cliente, passou pelas duas moças, não as cumprimentou, e veio em minha direção.

Chegando perto, mesmo antes de me cumprimentar, falou tão baixinho que mal dava para entender:

— Veja um "me ajude".

— Sim! O que o senhor precisa? — respondi.

— Eu quero um "me ajude" — me devolveu ele.

Pensei que ele tinha problema de audição então falei mais alto:

— Sim, ajudo sim, o que o senhor precisa?

Ele falou mais baixo ainda, tentando disfarçar:

— Quero um azulzinho!

E, assim, mais um apelido se junta a tantos outros: "me ajude".

23

O DISFARCE PERFEITO

O próximo caso também é bem curioso.

O cliente tomar o comprimido azul, no balcão da farmácia, já aconteceu várias vezes, mas desse jeito foi a única.

Uma moto parou em frente à farmácia com um homem e uma mulher.

Pude ouvir do balcão o que ele disse para ela:

— Espere aqui, só vou tomar um efervescente para o estômago! — falou entregando o capacete a ela.

— Tá — a mulher respondeu.

Então entrou, foi em minha direção, com uma certa pressa, e pediu:

— Por favor, me arruma um efervescente para tomar agora!

— Sim, já vou pegar!

Enquanto eu colocava o efervescente no copo com água para dissolver, ele falou baixinho:

— Me arruma um azulzinho!

Aí entendi porque ele estava nervoso e com muita pressa.

Dei-lhe o medicamento, ele abriu, virou de costas para a porta onde estava a mulher esperando, tomou o comprimido com o efervescente, antes mesmo de terminar de borbulhar.

Pagou, agradeceu e saiu sorrindo em direção à mulher que o aguardava.

"A vida nunca para de nos surpreender, seja positiva ou negativamente. Guarde na memória somente as coisas positivas".

24

MUITA CALMA NESSA HORA

Em mais um dia de atendimento, chegou um homem, me cumprimentou e me entregou uma receita. Eu o cumprimentei, pegando a receita, que prescrevia uma injeção. Pedi para ele aguardar até que eu preparasse a aplicação. Tão logo o fiz, chamei o cliente.

Ele entrou, fechei a porta e passei as instruções, onde seria a injeção e como proceder.

Ele concordou e começou se preparar.

Até aí tudo bem.

Virei-me para pegar a seringa, e, quando voltei, o homem tinha sacado uma arma — um revólver 38 com cano longo cromado (informação que saberia somente depois).

Dei um passo para trás, num instinto de medo, e quase derrubei a seringa.

Rapidamente ele me falou:

— Desculpe, eu esqueci de deixar em casa, vim direto do serviço.

Só então ele me disse que era policial e estava à paisana.

— Desculpe mesmo! Pra mim é tão normal que nem me dei conta — continuou.

Por alguns segundos, fiquei inerte, depois apliquei a injeção e até brinquei:

— Tomara que não tenha doído muito.

Ficamos rindo por uns instantes, e até perguntei que arma era e tal.

25

CORAGEM É POUCO

Faltando pouco tempo para encerrar meu contrato de trabalho nessa farmácia, me deparei com um episódio que deixaria qualquer adulto envergonhado. Principalmente porque é comum as pessoas terem medo de tomar injeção a ponto de desmaiar ou até mesmo de não tomar a injeção que o médico prescreveu.

Uma moça entrou com seu filho na farmácia. Ela me entregou a receita, e observei que era uma injeção e era para o filho.

Enquanto pegava a injeção, fui conversando, perguntei o nome dele, a idade (5 anos), para tentar ganhar a sua confiança. Falei para a mãe:

— São cinco injeções, uma por dia.

— Tá bom — ela respondeu.

Pedi que aguardasse enquanto eu preparava a aplicação. Tudo pronto, pedi para entrarem.

— Pode ir — a mulher falou para o filho.

Ele entrou sozinho.

Esperei a mãe, e ela disse:

— Ele não chora, pode fazer!

Reticente, fechei a porta, instruí o menino como teria que fazer.

E assim ele fez. Tomou a injeção, não chorou, não reclamou e falou:

— Até amanhã!

— Parabéns por sua coragem e até amanhã! — respondi.

Bom até aqui já é surpreendente e merecia estar no livro, mas não parou por aí.

No outro dia, no mesmo horário, o menino chegou.

Cumprimentei-o com aquele soquinho de mão e perguntei pela sua mãe.

— Não veio, só eu — ele me respondeu.

Tomou a injeção, como no dia anterior, agradeceu e foi para casa. E assim foi até a quinta injeção.

No final dei os parabéns, como fiz todos os dias, e lhe dei um chocolate como recompensa.

26

RESILIÊNCIA E CRIATIVIDADE

O ano era 2005, e o passo mais importante da minha vida seria dado.

Como tinha uma experiência considerável, conhecimento de medicamentos, de atendimento aos clientes e de todos os procedimentos que envolve uma farmácia, o diploma de farmacêutico e bioquímico e, por último, mas não menos importante, umas economias que consegui fazer depois que concluí a faculdade, me senti preparado para comprar uma farmácia. Confesso que foi bem difícil, principalmente por que isso também não te ensinam na faculdade, e ser dono não é uma tarefa fácil, pelo menos no início. Isso senti na pele, pois a primeira farmácia que comprei foi em sociedade. Por mais que eu já conhecesse meu sócio, que também tinha trabalhado como balconista e tinha bastante experiência no ramo, as opiniões logo começaram a divergir, e infelizmente a farmácia faliu com pouco mais de uno ano de vida.

"Desistir não é uma palavra que eu aceito com facilidade".

Então, quase um ano após esse episódio, tentei novamente e comprei outra farmácia na capital paranaense, mas dessa vez sozinho. Tinha muitas ideias e muito a fazer, então juntei como se fosse um quebra cabeça, um pouquinho (as coisas boas) de cada farmácia em que havia trabalhado, por todos os anos anteriores, e comecei a pôr em prática.

Uma das minhas primeiras ações na farmácia foi instalar um banner enorme de promoções na frente da farmácia. O que começou a dar resultado e, também, me rendeu a primeira situação engraçada.

A rua da farmácia era bem movimentada de veículos, e era muito fácil visualizar esse banner, pois ficava bem próximo à rua, assim muitos dos motoristas que viam as promoções que constavam ali paravam para comprar.

Um dia, de dentro da farmácia, ouvimos um barulho de freada, que parecia de um caminhão ou um ônibus, e de fato era. O motorista de um ônibus articulado (aquele que possui duas partes emendadas) parou bem em frente à farmácia. Como esse tipo de ônibus é muito comprido, ocupou a frente de três salas comerciais. Pensei que tinha quebrado, mas não, ele entrou para comprar um dos produtos de promoção que constava no banner.

O motorista calmamente pediu o produto, escolheu o que lhe agradou —enquanto quase todos os passageiros do ônibus o olhavam pela janela —, pagou, agradeceu e voltou para o ônibus — seguido pelo olhar dos passageiros — e continuou a viagem.

27

UÉ, CADÊ?

Nesse período eu tinha tantas ideias e fui colocando em prática, umas davam certo, outras nem tanto. Uma dessas ideias foi colocar um cesto de promoção na frente do balcão; era meio grande e ocupava bastante espaço tanto de largura quanto de altura até que...

Eu estava atendendo uma cliente e tive a impressão de que mais alguém havia entrado na farmácia, mas não vi ninguém e continuei o atendimento. Terminado esse atendimento agradeci e, assim que ela se virou para sair, ouvi:

— Oi!

Como não tinha mais ninguém no balcão, falei para a funcionária que estava na perfumaria um pouco mais adiante:

— Parece que eu ouvi alguém falar!

— Oi! Aqui! — a voz falou de novo.

— Oi! — respondi e comecei a procurar.

A voz vinha de uma anã que estava atrás do cesto de promoções com o braço estendido para que pudesse ficar mais alta que o cesto. Fiquei sem jeito, mas ela levou na brincadeira e riu. Claro que pedi desculpas para ela e, assim que ela saiu, mudei o cesto de promoções de lugar.

Felizmente a cliente continuou indo à farmácia, e ficamos amigos.

Sempre levei muito a sério o atendimento aos clientes e, quando era necessário, me adaptava às individualidades de cada um para poder atendê-los da melhor maneira possível.

28

SURPREENDA

"Faça sempre um pouco a mais, surpreenda seu cliente", com certeza ele ficará satisfeito.

Agora, como dono da farmácia, fazia isso com maestria, pois o negócio precisava decolar, e eu não media esforços para que isso acontecesse.

Uma senhora que já era cliente nossa tinha feito uma encomenda no dia anterior.

Chegando o produto, liguei para ela e falei:

— Boa tarde, dona!

— Boa tarde, jovem!

— Chegou o medicamento que a senhora encomendou.

— Ah, meu filho, que bom! Mas o meu neto não está aqui para buscar.

— Não tem problema, eu deixo o medicamento aí.

— Tá, mas eu quero pagar no cartão de crédito.

Como todo início de empresa, tudo é bem limitado. Eu só tinha uma máquina de cartão que era com fio, não tinha como levar. Expliquei a ela.

— Dona, só tenho a máquina com fio aqui, não tem como levar. Mas eu deixo o medicamento aí, e a senhora me paga outro dia.

— Ah, mas eu não gosto deixar fiado!

— Faz assim, eu busco a senhora então, pode ser?

— Tá bom!

Busquei-a, ela comprou o que precisava, pagou com cartão, como queria, e a levei de volta para casa. Ela ficou bem feliz pelo passeio; eu também, pois era mais uma cliente que conquistava.

Assim fui fidelizando clientes, o movimento da farmácia ia aumentando, e a equipe também ia crescendo.

29

PÉ NA COVA

Tenho excelentes lembranças de clientes que mandam bolos, cachorro-quente, lanches, frutas, até mesmo cliente que preparava café da tarde e chamava eu e mais dois funcionários para lanchar; e nós íamos, um de cada vez, para que não fechasse a farmácia.

Com uma dessas clientes de idade, que nos agradava bastante, eu, no intuito de agradar também, acabei gerando uma saia justa.

Essa cliente foi à farmácia, e, enquanto fazia suas compras, conversávamos; em determinado momento, ela falou:

— Ah, meu filho, já estou cansada desta vida, muitas dores que não melhoram, muitos problemas de saúde e já estou muito velha! Acho que já é hora de partir!

Eu não sabia a idade dela, mas não aparentava mais que 80 anos.

Então, no intuito de fazer um elogio para ela se sentir melhor, disse:

— Que isso! A senhora tem que viver pelo menos mais 15 anos, até uns 95!

Ela começou a rir e disse:

— Ah, então falta só um ano, pois tenho 94!

Fiquei um pouco sem graça, e ela riu mais ainda da situação, como quem tirava sarro de mim.

Sempre me esforcei e me esforço para fazer um bom atendimento e deixar meus clientes satisfeitos.

"Acredite, você será recompensado por isso."

Algumas senhorinhas, que eram clientes já fidelizadas da farmácia, ficavam muito contentes quando chegavam, e eu as atendia, chamando-as de menina:

— Olá! Tudo bem, menina? Como está?

Elas sorriam, já pegavam em meu braço e retrucavam:

— Eu adoro vir aqui, ganhei o dia só por esse elogio!

Mais felizes ainda ficavam quando eu as avistava, do ouro lado da rua, e ia ao encontro delas para ajudá-las a atravessar.

Eu as apoiava pelo braço, e íamos conversando tranquilamente até chegar à farmácia.

Fazia o atendimento e muitas vezes as levava até o portão de suas casas, as que moravam mais próximas.

Elas ficavam muito satisfeitas, e eu igualmente porque tinha realizado um atendimento com sucesso.

Ao contrário do que muitas pessoas pensam, sucesso não é só ter dinheiro e ser famoso.

Sucesso, por definição, tem vários significados: resultado feliz, propício, êxito, acontecimento favorável, entre outros. Perceba que sempre se refere a pensamentos positivos, independentemente do tamanho da conquista.

"Colecione sucessos".

30

MUNDAÇA DE LUGAR, NÃO DE ESTILO

O ano era 2012, e eu estava prestes a dar outro passo bastante importante na minha vida, agora já com família. Buscando por qualidade de vida, decidi vender a farmácia, que era na capital paranaense, mudar para uma cidade do interior do Paraná e iniciar novamente.

Comprei uma farmácia, e dessa vez tudo foi bem mais fácil dada a bagagem de experiência acumulada. Como uma receita de bolo, fui aplicando cada passo, e os resultados rapidamente vieram.

Claro que, independentemente do lugar, farmácia pode ser "um ambiente imprevisível", e fui, mais uma vez, surpreendido com um atendimento.

Chegou uma cliente com duas crianças, uma menina de uns 10 anos e um menino de, no máximo 5 anos, bem polaquinho, pele branca e cabelo bem loirinho.

A mãe comprou alguns medicamentos, protetor solar, entre outros.

Quando chegou ao caixa, enquanto eu passava sua compra, lembrei-me de quando era criança e bem polaquinho. Então, comentei sorrindo:

— Que polaquinho! Quando eu tinha a sua idade, também era assim como você.

A mãe me olhou espantosa:

— Sério! Você também era albino?

Sem jeito, não consegui falar nada, porque não tinha observado que o menino era albino, achei apenas que era loirinho.

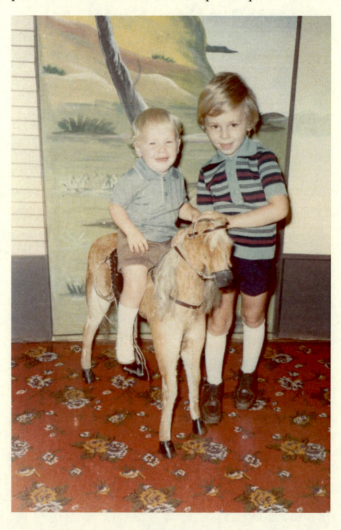

Nessa foto, em que estou em cima do cavalinho, vocês podem observar o porquê do comentário que fiz. Felizmente a cliente não ficou chateada e continuou frequentando a farmácia.

Bom, fazendo esse trabalho de atender bem e cativar a clientela, a farmácia se consolidou, os anos se passaram e chegamos a 2021.

31

CARDÁPIO DE HOJE

Em tempos de pandemia da covid-19, muitas coisas mudaram, e na farmácia também tivemos que nos adaptar à situação, que, diga-se de passagem, não foi fácil.

Uma das nossas ações foi priorizar as entregas aos nossos clientes, numa tentativa de expô-los menos ao vírus.

Uma cliente já cadastrada, daquelas que compram com frequência e pagam tudo no fim do mês, ligou para a farmácia, fez seu pedido de medicamentos, e, ao final, fiz a pergunta de sempre:

— Ok! Mais alguma coisa, senhora?

E a cliente me surpreendeu com a resposta:

— Não! Na verdade, sim! Será que teria como pegar umas coisinhas na padaria ao lado de vocês, para trazer junto, já que vocês vão vir entregar?

Como vocês já perceberam, "surpreenda seu cliente". É claro que atendi ao pedido da cliente e respondi:

— Sim, sim, claro! Pode complementar o seu pedido.

Assim saiu o pedido dela para entrega.

Tinha mais itens da panificadora do que da farmácia!

E ainda, para fechar com chave de ouro, falei para o motoboy não cobrar nada no momento da entrega, e recebemos tudo no fim do mês.

32

XÔ, COVID!

Assim chegamos à última história. Ela não é hilária, mas uma situação para refletirmos.

Uma cliente, muito querida, sempre de alto-astral, ligou para a farmácia e fez seu pedido para entrega. Sempre que podia, eu fazia questão de entregar pessoalmente, e nós conversávamos, pois ela sempre via o lado positivo das coisas.

Ela contou que vinha se cuidando bastante, evitando de sair de casa, mas que gostava muito de conversar. Nesse dia não foi diferente, falando sobre a pandemia, ela me disse:

— Sei que já tenho 92 anos de idade, mas estou me cuidando muito e te garanto posso morrer de qualquer outra coisa, mas para essa doença eu não me entrego! Essa não me leva. — Soltou uma gargalhada.

Ficamos rindo por alguns instantes, eu a elogiei e concordei:

— Isso mesmo, menina!

 Alguns clientes nos trazem muita sabedoria, cabe a nós ouvir e aprender.

 Então finalizo com o que considero mais importante na minha vida, que são meus filhos, minha família, o bem mais precioso que uma pessoa pode ter!

 Há 30 anos, eu começava aprender, agora eu ensino.

Meu filho Murilo aprendendo aplicar injeção!

Meu filho Felipe aprendendo colar o curativo da injeção!

Será que o ciclo se reiniciará?

MENSAGEM FINAL

Acredito que tudo o que fazemos deve ser feito com amor e dedicação, mesmo que não saibamos exatamente o que o futuro nos reserva. Com atitudes boas e positivas, tenho a certeza de que os resultados também serão positivos. Lembre-se de que o sucesso não está somente em grandes realizações, mas também em pequenas coisas bem-feitas diariamente, seja na sua vida pessoal, seja na profissional.

Se, durante a leitura deste livro, você riu, se inspirou ou lembrou de algo engraçado que aconteceu em sua vida, meu objetivo foi atingido.

Desejo a você, leitor, todo o sucesso do mundo!

Obrigado!

FIM!